나도 피카소처럼

이생진

1929년 충남 서산에서 태어나 어려서부터 바다와 섬을 좋아했다. 칠십여 년 동안 천 곳이 넘는 섬을 찾아다니며 섬사람들의 애환을 시에 담아 독자들에게 감명을 주었고, 섬에서 돌아오면 인사동에서 시를 사랑하는 사람들과 만나 섬을 중심으로 시낭송을 하며 담론을 즐긴다. 1955년에 처음 펴낸 시집 《산토끼》를 비롯하여 《그리운 바다 성산포》, 《골뱅이@이야기》, 《어머니의 숨비소리》, 《섬 사람들》, 《맹골도》, 《무연고》 등의 시집과 여러 권의 시선집, 시화집, 산문집이 있다. 2001년 제주 명예도민이 되었고, 2012년 신안 명예군민이 되었다. 2009년 성산포 오정개 해안에 '이생진시비공원'이 만들어져 올레길을 걷는 이들이 즐겨 찾고 있다.

www.islandpoet.com / sj29033@hanmail.net

나도 피카소처럼

이생진 시집

우리글

2008년 고흐를 쓸 때는
고흐이고 싶었는데
피카소를 쓰면서 피카소이고 싶다

왜 그럴까

그림 때문에
시 때문에
아니면 여자 때문에

첫쨀 그림이고
둘쨀 시
그리고 여자 때문에

그러면 그렇지
피카소가 웃겠다
그것 보라고
너도 아흔이 되더니 변했다고

나는 아름다운 것을 보면 시로 그리고 싶어진다
섬
꽃
그림
그리고 여인

누가 하라고 해서 한 짓이 아니고
하지 말라고 해도 멈출 일이 아니다

피카소만큼의 여인은 아니지만
나도 시 쓰기에 충분하다

웃지 마라
너도 아흔이 되면 알 테니

2021년 봄
이생진

차례

* 여러 차례 교정을 보느라 애쓰신 양숙 님과 현승엽 님께
이 자리를 빌어 감사드립니다. - 편집집 주

나도 피카소처럼

피카소와 나는
동갑인데
피카소 앞에 서면
나는 왜
이렇게 흔들리는 걸까

-2021년 봄-

피카소의 여인들

1904년 8월 4일 여름 한나절
억수 같은 비가 파리의 하늘을 뒤엎던 날
한 여인이 천둥 번개에 쫓겨
단물이 팅팅 불어 오른 복숭아 같은…
몽마르트르 언덕을 숨 가쁘게 뛰어간다

갑작스런 폭우를 피해 고양이 새끼를 안고 뛰던
스물세 살의 피카소*가 그녀를 본 순간
아! 하고 제 소리에 넘어진다
그녀에게 고양이를 안겨주고
커다란 금덩이를 안듯
그녀의 젖은 가슴을 통째로 안고
쾨쾨한 세탁선** 안으로 들어가
그녀의 젖은 머리채를 쓰다듬으며
"이름은?"
 – 페르낭드 올리비에
"나이는?"
 – 스물셋

밖에는 천둥 번개가 쉴새 없이 쳐도
방 안은 방금 꺾어 온 장미꽃으로 환하다
〈명상〉***에 물든 화필을 들어
그녀 이마에서 빗물을 쓸어내리고
그녀의 입술에 입술을 포개는 순간
꿀을 삼키며 떠가는 항해가 한없이 달다

행복은 비에 젖지 않는 법
끝없는 황홀경 너머로
고양이가 침대 위에서 포개진 입술을 보다가
피카소에게 쫓겨
눈을 흘기며 침대 밑으로 내려간다
피카소도 고양이처럼 눈을 흘긴다
그림은 이렇게 고양이가 보는 가운데 그려지고
아흔 넘어서도 시들지 않는 오르가슴이
그의 그림에서 떠날 줄 모른다

* 피카소 (1881~1973)
** 세탁선 : 센강을 오르내리는 세탁선을 닮았다 하여 막스 자코브가 붙인 이름
*** 〈명상〉: 1904년, 피카소

PICASSO

아버지와 어머니는 누구에게나 있다
혼자 떠도는 너에게도 있었다
너의 근원은 그분들이시다

아버지는
돈 호세 루이즈 이 블라스코
어머니는 마리아 피카소 이 로페스
'파블로'는 큰아버지에게서 물려받고
'피카소'는 어머니에게서 물려받았다

아버지는 비둘기와 과일을 즐겨 그리는
정물화처럼 정확한 미술 교사
아들에게 그림을 가르치다가
아들의 재능을 따라잡지 못하자
열다섯 난 아들에게 붓을 넘겨주며 머리를 저었다

아들은 어머니 얼굴을 더 많이 그렸다
아버지의 얼굴은 길고 이마에 주름이 있어
붓이 가다가 갈라졌으나

어머니는 피부가 곱고 얼굴이 예뻐서
붓이 갈라지지 않았다
아버지가 싫은 것은 아니지만
커가며 아버지에게서 따온 이름은 쓰지 않고
어머니에게서 따온 이름만 그림에 사인했다
'PICASSO'라고

피카소(1881~1973)가 소년 시절에 그린 아버지와 어머니 / 『발견자 피카소』 김원일
지음. 동방미디어 2002. 82쪽

황소 같은 피카소

피카소가 투우장에서 얻은 에너지로 그림 그렸을까
아니다, 황소보다 힘센 여인들이 있었기에…
그가 머리를 끄덕이며 웃는다

스물세 살에 페르낭드 올리비에를 만났고
서른에 에바 구엘
서른여섯 살에 올가 코클로바
마흔다섯일 때 마리 테레즈
마흔다섯일 때 누쉬 엘뤼아르
쉰다섯 살에 도라 마르
예순두 살에 프랑수와즈 질로
일흔세 살에 자클린느 로크를 만났다
아니 이들 알게 모르게 더 많은 여인을 만났다

앵그르*는 이런 말을 했다
"여자를 그리는 것이야말로
여자를 줄곧 소유하는 최고의 방법"이라고

* 앵그르(1780~1867) : 프랑스 고전주의 화가

시 쓰고 싶었던 피카소

피카소가 붓을 놓고 일어서더니
카페로 간다
그곳엔
목청이 시원한 시인들이 있다

막스 자코브*
기욤 아폴리네르*
앙드레 살몽*
루이 아라공*
장 콕토*

그들은 술집 주인이 시끄럽다고 끌어낼 때까지 마시고
고래고래 시를 토했다
일어섰다 다시 앉아 술잔을 들었다 놓고
고래고래 시를 토했다

* 막스 자코브(1876~1944) : 프랑스 시인
* 기욤 아폴리네르(1880~1918) : 프랑스 시인
* 앙드레 살몽(1881~1969) : 프랑스 시인이며 소설가
* 루이 아라공(1897~1982) : 프랑스 시인이며 소설가, 평론가
* 장 콕토(1889~1963) : 프랑스 시인이며 소설가, 극작가, 영화감독

피카소와 랭보의 시집

피카소의 작업실엔 손때 묻은 랭보의 시집이 있다
피카소는 '반수신半獸神의 머리'*를 씹듯
오래 묵은 포도주를 씹으며 작업한다

시와 그림
어느 것이 그림이고
어느 것이 시인지 구분이 안 될 때
피카소는 젊은 여인들의 옷을 벗겼다**

* 랭보의 시「태양과 육체」 참조
** 『조각가의 작업실』 시공 디스커버리 총서. 시공사 2003. 89쪽

피카소의 시집

내가 피카소의 시집을 손에 든 것은 2009년
피카소의 그림에서 무엇이 나오나
뚫어지게 찾아 헤매던 시절
그의 시집을 손에 들고 놀랐다
1935년 10월 28일부터 1954년 10월 18일까지
일기를 쓰듯, 아니 추상화를 그리듯
더러는 낙서까지 끼어들어
날짜를 제목으로 쓴 100여 편의 시
단 한 편의 시도 시원하게 읽히지 않아
〈다니엘 헨리 칸바일러의 초상화〉*를
펼쳐놓은 것 같아
얼굴이 보일 듯하다가
손이 보일 듯하다가
어질어질한 시
피카소가 옆에 있었으면
'너는 아직 멀었다'고 했을 거다

* 〈다니엘 헨리 칸바일러의 초상화〉 : 1910년, 피카소

1935년 12월 16일
- 피카소의 시*

오로지 색채뿐
꿀벌은 재갈을 갉아먹고
오로지 냄새뿐
새는 자신의 꼬리깃을 짜고
오로지 그들이 베개 위에서 몸을 뒤트는 것을 볼 뿐
사랑은 제비의 레일 금속을 녹이고
오로지 머리칼뿐

*『피카소 시집』 파블로 피카소 지음. 서승석, 하지은 옮김. 문학세계사 2009

1936년 1월 4일
- 피카소의 시

캔버스는 심장에 박힌
올이 성긴 어망
빛을 발하는 거품들은
눈을 통해 목구멍에 걸리고
재촉하는 채찍질에
그의 사각형 욕망의 주위에서
퍼덕이는 날개

나도 피카소처럼

피카소는 열두 살 때
'나도 라파엘로처럼 그릴 수 있다'고 자랑했다
그것이 어린 피카소에게 화필을 넘겨준 이유이기도 하다
미술 교사인 아버지가 그린 비둘기는 날지 않아도
아홉 살 아들이 그린 비둘기는 파닥였으니까

피카소는 아흔이 넘어서도
젊은 여인의 숨소리에 맞춰 붓을 놀렸다
아무나 할 수 있는 손놀림이 아닌데
사람들은 함부로 피카소처럼 살고 싶다고 한다

피카소 〈마리 테레즈의 초상〉 1937년   피카소 〈Woman with a Flower〉 1932년
『김원일의 피카소』 김원일 지음. 이룸 2004. 399쪽

라파엘로의 여인

산치오 라파엘로*
그도 아버지에게서 그림을 배웠다
아버지는 아들이 열한 살 때 돌아가셨고
라파엘로는 서른일곱까지 독신으로 살다 갔다
수명이 짧았지만 수많은 여인을 사랑하다 간 라파엘로
그중에서도 소문난 '빵집 딸, 라 포르나리나'는
성모상을 그릴 때마다 떠올린 모델이다
그림 속으로 들어와 조용히 웃고 있는 여인들
아무리 그림 밖으로 나오라고 손짓해도
그림 밖으로 나오지 않는 여인들

* 라파엘로(1483~1520) : 화가
〈라파엘로의 자화상〉, 피카소가 소년 시절에 그린 〈어머니 마리아 피카소 로페스〉
참조. /『발견자 피카소』 김원일 지음. 동방미디어 2002. 82쪽

파리로 가는 피카소

미래는 파리에 있다
파리로 가자
구스타프 에펠의 명작 에펠탑 아래에서 열린
파리 만국박람회1900. 4. 14 ~ 11. 12를 보고 간 사람은
무려 오천팔십육만팔백 명

이건 백 년 전의 일
니체*가 말했지
'유럽에서 예술가의 집이 될 만한 곳은 파리밖에 없다'고

프랑스말 한마디 못하는 피카소 손엔 습작품 몇 점
돈이 될 만한 것이라곤 그것뿐
그래도 그의 미래는
바르셀로나에 있지 않고 파리에 있다며
미래를 향해 넘었던 피레네산맥
자그마치 여덟 번 넘고 나서
미래를 만났다
파리에서 미래를 만났다

* 니체(1844~1900) : 독일의 문헌학자이자 철학자

시인들의 집합소

흔들거리는 피카소 화실 문짝에
'시인들의 집합소'라고 쓴 사람은
막스 자코브*

그 문을 열고
아폴리네르가 로랑생을 끼고 들어온다
밤을 좋아하는 모딜리아니는
술집 '라팽 아질'에서 마시다 만 압생트를 들고
위트릴로**와 언덕길을 내려가며
단테의 시를 중얼거린다
막스 자코브가 그걸 보고
'모딜리아니에게 내가 시인임을 입증하기 위해'라는
시를 썼다며 낭송한다

'그는 모른다 무엇을 그의 손이 갖고 있는지…'***
그가 그린 기다란 목에 걸린 슬픔이
무엇 때문에 길게 늘어졌는지
그림 속의 슬픔을 알려고 하지 않는다

* 막스 자코브(1876~1944) : 프랑스 시인이며 비평가
** 모리스 위트릴로(1883~1955) : 프랑스 화가
***『반수신半獸神의 오후』 스테판 말라르메 지음. 민희식, 이재호 옮김. 범한서적 /
『모딜리아니, 열정의 보엠』 앙드레 살몽 지음. 강경 옮김. 다빈치 2001. 193쪽

그 시대의 영웅들

피카소 첫 전시회 시절의 친구
카사헤마스*
바르셀로나 골목 주점에서 흥분한 목소리로
'파리로 가자!'던 친구
그는 파리에 오자마자 사랑에 빠져 자살했지만
그 시대 미술 영웅들은 모두
파리에서 그림 다툼을 했다

피사로*
마네*
드가*
세잔*
빈센트*
로트레크*
쉬잔 발라동*
마티스*
브라크*
위트릴로*
모딜리아니*
로랑생*

파리 하면 몽마르트르
가난한 화가들의 언덕
그 언덕에 등을 부비고
일어선 것이다

* 카사헤마스(1881~1901)
* 피사로(1831~1903)
* 마네(1832~1883)
* 드가(1834~1917)
* 세잔(1839~1906)
* 빈센트(1853~1890)
* 로트레크(1864~1901)
* 쉬잔 발라동(1867~1938)
* 마티스(1869~1954)
* 브라크(1882~1963)
* 위트릴로(1883~1955)
* 모딜리아니(1884~1920)
* 로랑생(1885~1956)

라팽 아질

몽마르트르에서 태어나 몽마르트르에서 자라고
몽마르트르를 그리다가 몽마르트르에 묻힌 화가
모리스 위트릴로
그가 그린 〈라팽 아질〉*에서는
지금도 그들의 술 취한 목소리가 들린다
술값으로 잡힌 그림이 뿌연 담배 연기에 그을리고
자작시를 읽는 막스 자코브의 그림자가
벽에 기대어 있다
턱수염이 덥수룩한 술집 주인 프레데의 기타에 맞춰
흥겹게 노래하던 선술집
피카소의 단골
지금도 라팽 아질의 벽에서는
몽롱한 아편 냄새가 풍기고
깨어진 유리창 밖으로
에디트 피아프**의 슬픈 노래가
낙엽처럼 날아든다
위트릴로는 너무 일찍 술맛을 알았다

* 라팽 아질 : '민첩한 토끼'라는 뜻
** 에디트 피아프(1915~1963) : 프랑스 가수

몽마르트르에 있는 〈라팽 아질〉

피카소 〈라팽 아질〉 1905년

위트릴로 〈라팽 아질〉 1919년

태어나고 사랑하고 죽는 일

맨 먼저 파리로 가자던 카사헤마스
그는 애인 제르멘느를 향해
'너 죽고 나 죽자'며 권총을 쐈으나
저만 맞고 쓰러졌다
술, 마약중독, 발기부전에 우울증

제르멘느는 카사헤마스가 죽은 뒤
카사헤마스와 피카소의 친구인 라몽 피쇼와 결혼했고
결혼 후에도 피카소의 침대에 누워 그림이 되었다
피카소는 그 현상을 〈인생〉에 담아
벌거벗고 서 있는 젊은 남녀
남자는 카사헤마스
여자는 임신 중인 제르멘느
아니,
카사헤마스의 얼굴은 애초 피카소 자신의 얼굴이었으나
피카소가 자기 얼굴을 긁어내고
카사헤마스의 얼굴로 바꿔 그렸다는 소문
오락가락하는 양심의 이동 방향으로…
인생은 그런 것이라고 손가락질하며
제르멘느는 큰 눈으로 하얗게 안긴 아기를 쳐다본다

뒤에 있는 그림, 머리를 숙인 여인은
빈센트의 〈슬픔〉 같고
이 그림에서 두 남녀는 서로 부둥켜안고 괴로워한다
탄생은 아름답지만
살아가는 일이 괴롭다는 것인가
모두 말 못 하는 비탄과 경의를 얼굴에 담고 있으나
그래도 품속에 잠든 아기만은 안온하다

피카소 〈인생〉 1903년

『발견자 피카소』 김원일 지음. 동방미디어 2002. 67쪽

또 다른 친구의 일생

하이메 사바르테스*도
카사헤마스와 같은 무렵 친구다
허나 그는 자살하지 않았다
오래 살며 피카소를 피카소보다 많이 알았다
카페 〈네 마리 고양이4CATS〉** 시절
피카소의 열정에서 불이 옮겨붙어
국경 넘어 파리로 간 친구
그는 시인이 되는 것이 꿈이고
피카소는 파리로 가서 그림을 그리다
영국으로 가는 것이 꿈이었다
같은 나이 스무 살1901
같은 열정을 술잔에 담아 부딪치며
미래를 약속했던 사바르테스
미래는 멀고 현실은 바람 자지 않는 거
배는 작고 파도는 거세고
무거운 고독을 어떻게 헤쳐나가야 하는지
어둠이 입을 다물게 하던 시절
밤바다에 종이배를 띄운 젊은 사바르테스
과테말라에서 신문을 만들다가
바르셀로나로 돌아올 때까지

30여 년 서로 소식이 없었는데
어느 날 "파리에 와서 나를 도와줘"라고 한 피카소
피카소는 그림으로 성공한 오십 대였지만
여자 문제로 골머리를 앓고 있을 때1935

(그해 피카소의 아내 올라는
아들 파울로를 데리고 나가 돌아오지 않았고
마리 테레즈는 피카소의 딸 마야를 낳았다)

사바르테스는 이 구질구질한 문제를 해결해 주면서
우정을 이어갔다
왼손으로 턱을 괴고 미래를 생각하며 술을 마시던
이십 대의 초상화를 떠올렸다

그는 피카소의 그림도 팔아주고
여자 문제도 해결해 주며 비서 노릇을 하다가
피카소보다 5년 먼저 세상을 떠났다

* 하이메 사바르테스(1881~1968)
** 4CATS : 1900년 피카소가 첫 번째 전시회를 연 바르셀로나에 있는 카페
『피카소』안 발다사리 지음. 윤미연 번역. 창해, ABC북 39, 2001. 66-67쪽

광녀 1

자정이 지나서야 열리는 캬바레
엘 꽈뜨레 가츠*
칼날 같은 기타의 열정에 맞춰 노래하는 주정뱅이들
춤추는 거리의 여인들
피카소는 이곳에서 차림표 표지를 그려주고
얻어먹은 적이 있는데
1900년 2월 1일 열아홉 살에 생애 첫 전시회를 열었지
그때 엘 꽈뜨레 가츠에 걸렸던 〈광녀〉가
106년 만에 서울시립미술관에 전시된 것이다2006년 5월 20일~9월 3일
손바닥만 한 〈광녀〉**
방금 바다에서 건져 낸 물걸레 같은 여인
서울시립미술관 전시장 첫 그림으로 등장했는데
아무도 들여다보지 않는다
나만 미칠 지경이다

사람들은 불길한 〈광녀〉를 피해
열다섯 배가 넘는 〈솔레르 씨 가족〉 앞에서 무의미한
여섯 식구와 개 한 마리와 죽은 토끼를 보느라
넋을 잃고 있는 동안
나는 〈광녀〉 앞에 나흘 동안이나 서 있었으니

나도 미친놈이지

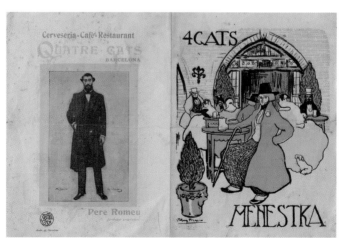

피카소 〈4CATS〉 1899년

* 엘 꽈뜨레 가츠(ELS 4GATS, 네 마리 고양이) : 피카소는 1899년 이 카페 차림표 표지를 그렸다.

** 〈광녀〉 : 1900년, 피카소. 가로 9.5cm × 세로 13.5cm

네 마리 고양이

그 사람들의 허세
소리치는 대로 바닥을 기었지
정부政府에 주먹질하고 가난에 목매고
가진 건 없지만
온갖 것을 부수고 나면 시원하던 허세
누가 술값을 계산했는지
누가 꼬부라진 혓바닥으로 끌고 나왔는지
비틀비틀 아침 햇살을 이고 돌아가는
막연한 인생
말이 좋아 자유주의자들
시인 화가 음악인 그리고 방랑자들이
바르셀로나 술집 '네 마리 고양이4CATS'에서 돌아간다
쓰러질 듯 일어서는 발걸음에서
그들의 미래를 읽은 사람은 하나도 없다

광녀 2

뭉크의 〈절규〉가 그의 턱에 멈춘 그림
황혼에 쫓긴 〈광녀〉의 귀에서
파도 소리가 난다
절망의 늪에 빠진 한 여인의 미래상
힘없이 늘어진 얼굴
처절한 운명의 돌에 부딪힌 눈언저리
실종된 웃음의 현장에서
미래가 사멸된 소리 없는 절규
아무리 여자를 좋아한다 해도 피카소가
이 광녀의 입술에 입술을 댔다는 소문은 없다

몽마르트르 1
- 모딜리아니

중얼거린다
모딜리아니가 단테를 불러오느라 중얼거린다
'오오, 얻을 수 없는 것을 동경하여 방황하는 순례자여'

생피에르 소공원에서 2리터 압생트 술이 바닥날 무렵
힘없는 화가들의 시 읽는 소리가 별빛에 바래고
파출소로 끌려온 그들은
경찰의 질책에 개구리처럼 코를 곤다

다음 날 세탁선에 모여 피카소의 그림을 읽다가
앙드레 살몽의 '모딜리아니'*를 읽는 것은
몽마르트르 언덕 너덜거리는 '세탁선' 문짝에
'시인들의 집합소'라고 피카소가 썼기 때문

그곳에 모여든 막스 자코브
아폴리네르
그리고 로랑생

아폴리네르의 품에는 늘 로랑생이 안겨 있었다
그렇게 안겨 있던 로랑생도 아폴리네르의 품을 떠났지

인간의 품은 영원한 것이 아닐 뿐더러
단 한 사람만의 것이 아니니까

* 소설 『모딜리아니, 열정의 보엠』 앙드레 살몽 지음. 강경 옮김. 다빈치 2001 패러디

몽마르트르 2
- 인사동 사람들

인사동을 좋아하는 사람 중에는
인사동을 몽마르트르 언덕으로
착각하고 싶어 하는 사람이 있는데
인사동엔 언덕이 없다

인사동 입구에서 참새에게 먹이를 주며
그림 그리던 화가도 소리 없이 사라졌고

시가연詩歌演 골목길을 걸어가다 보면
모딜리아니가 좋아
목이 긴 에뷔테른을 걸어놓고
술을 마시는 여인이 있는데
그 여인의 목도 길다
나는 에뷔테른과 그녀의 목을 번갈아 보며
술잔을 든다
모딜리아니를 따라 죽은 어미의 뱃속에서
아기가 원망스레 울고 있기에
어쩐지 나도 그 어미만큼이나 잔인한 것 같아
술잔을 내려놓고 슬그머니 나왔다

몽마르트르 3
- 피카소

고독한 화가들이
그림만을 생각하며 살아가던 언덕
몽마르트르
가난한 피카소를 보다 못해 그의 그림을 말아 들고
수집가들의 거리로 나가던 시인 막스 자코브
하지만 가난을 면하기가 그리 쉬운 일인가
돈이 없어 물감을 사지 못한 화가도 있고
장례비가 없어 아내의 시신을 안고
울기만 하는 화가도 있다

끼니는 걸러도 술은 거르지 않던 모딜리아니
그림으로 돈을 만져보기란 하늘의 별
황색의 신화 빈센트 반 고흐
살아서 단 한 폭 〈붉은 포도밭〉이 팔리던 날
카페에서 밤새 압생트*를 마시며 뒹굴었지
'술이여, 어머니의 젖가슴이여!' 하며
그래도 그 밤이 좋았다고

* 압생트 : 술. 강력한 환각작용으로 19세기 말과 20세기 초 파리 예술가들 사이에서
창조력에 도움이 된다며 상당히 인기가 있었다.

가난한 화가들
- 앙드레 살몽

화가의 슬픔을 보다 못해
소설로 써버린 앙드레 살몽*
그가 쓴 소설 '모딜리아니 열정의 보엠'은
지금도 눈물이 마르지 않는다

1905년 피카소의 청색시대**
세탁선에서 조각가 마늘로와 피카소가 만났다
그는 희미한 촛불 빛으로 발걸음 소리를 죽이며
자신이 그린 그림 앞에 서 있었다
그때 스물네 살
살몽은 피카소와 동갑이다

살몽은 거기서 피카소를 알았고
자코브와 아폴리네르처럼 떨어질 수 없는
사람이 되었다
무엇보다 그 유명한 〈아비뇽의 아가씨들〉은
살몽이 붙인 이름이다

* 앙드레 살몽(1881~1969) : 프랑스의 시인, 소설가
〈앙드레 살몽의 초상〉 1905년 / 『피카소』안 발다사리 지음. 윤미연 번역. 창해, ABC
북 39, 2001. 69쪽
** 피카소의 청색시대 : 1901~1904

사랑은 말하지 않는 거

- 피카소와 올리비에

'첫눈에 반한 것은 아니지만
고집스런 눈길에 끌리고 말았죠
그의 눈에 미래가 있었던 건 아니고
그저 뜨겁기만 했던 눈부신 광채가
온몸을 감고 돌았어요'

'이젠 잊었어요' 하며 쓴웃음 짓는다
하나밖에 없다던 사랑 올리비에*
올리비에도 그를 잊은 듯
더는 피카소를 찾지 않는다

사랑은 현실을 태우는 장작불
절대 점유니까 미래를 생각할 틈이 없다
사랑은 끌어당기는 자력磁力
어떻게 떨어졌는지 기억하기 싫다

* 올리비에 : 피카소 첫 번째 동거 여인
『발견자 피카소』 김원일 지음. 동방미디어 2002. 112쪽

피카소의 청색시대

세상에 변하지 않는 것이 있을까
철석같은 바다 빛도 변하는데
그건 고뇌 때문이지
그럼, 바다도 고뇌하는가
아니면 사람의 고뇌를 바다가 모방하는가
피카소의 외투가 검푸르게 고뇌하듯
그림은 화가를 따라다니며 고뇌하지

스페인 최남단 항구도시 말라가에서 태어나
태양의 해변이라는 선명한 바닷가에서 자랐는데
열 살 때 아버지를 따라 찾아온
최북단 라코루냐의 낯선 해안에서는
혼자 남은 병아리처럼 외로웠다
반기는 사람 없고
밤마다 밀려오는 무거운 파도 소리에
아버지가 그리는 비둘기를 따라 그렸다
16세 때 지중해 연안 바르셀로나로 옮겨와서도
바다는 여전히 고뇌하고 있었다
마드리드 왕립 아카데미에 입학했으나
마음에 들지 않아 그만두고

카페, 사창가를 드나들며 어두운 세상을 그리다가
술에 빠지고 여자를 알게 되었지만
그 버릇 버리기 힘들었지
그래도 프라도 미술관*에 들러 그림 앞에 서면
미래가 모두 일어서서 흥분했다
그림은 그렇게 화가의 속을 미리 알아보는가
바다가 온종일 하늘 아래에서 흥분하듯

* 스페인 마드리드에 있는 미술관으로 스페인 회화를 가장 많이 소장하고 있으며
이탈리아와 플랑드르 미술 걸작 등 유럽의 다양한 회화 작품을 소장하고 있다.
〈코트를 입은 피카소 자화상〉 1901년 /『피카소의 연인들』최승규 지음. 한명 2004.
21쪽
〈어린 시절의 피카소와 누이동생 톨로세스〉 /『발견자 피카소』김원일 지음. 동방미
디어 2002. 84쪽

피카소가 그림 그릴 때

'예술은 순결한 것이 아니다'라고 소리치는 피카소
그에겐 보이는 사랑보다 보이지 않는 사랑이 더 많아
그의 사랑은 이별의 연속이요
마치 이별하기 위해 사랑을 찾아다니는 화살

그의 친구 사바르테스*도 서슴지 않고 말했지
'섹스하듯 그림을 그리는 화가'라고
아니, 섹스하면서 그림을 그리는 화가

피카소가 그림 그리는 것을 눈감고 보려면
작업실 구석에 앉은 고양이처럼
엿보는 모양새가 필요하다
〈입맞춤〉** 소리에서
〈포옹〉**의 절정까지
붓의 소리를 들어야 한다

* 사바르테스 구알, 하이메(1881~1968) : 피카소와 18세 때부터 친구. 피카소와 나눈
대화를 비롯해 그와 함께한 오랜 세월의 경험을 『초상화와 추억들』을 포함한 여러
권의 책으로 펴냈다.
** 〈입맞춤〉 : 1969년, 피카소, 〈포옹〉 : 1969년, 피카소 / 『피카소』 안 발다사리 지음.
윤미연 번역. 창해, ABC북 2001, 53쪽, 88쪽

그가 그린 그의 얼굴
- 코트를 입은 피카소의 자화상*

넓은 이마에
개미 한 마리 지나가지 않는다
고비사막
스스로 그걸 확인한 듯
굳게 다문 입
힘은 외투 속에 숨어 있고
무슨 말을 할 것 같은데
아직 말할 때가 아니란 듯
말을 아낀다

무엇보다 미래를 놓치지 않겠다는 의지는 분명하다
코에서 힘이 솟는 용광로
누가 봐도 미래가 보이는 굴뚝이다

* 〈코트를 입은 피카소의 자화상〉 1901년, 피카소 / 『피카소의 여인들』 최승규 지음.
한명 2004. 21쪽

그림은 영웅이다

피카소
그의 춘화 앞에서 그를 욕하는 사람은 없다
그의 거미줄에 걸린 것이다
그의 그림은 겹으로 포장해도
불꽃이 새어나온다
왜 그럴까
그게 그의 힘이다
힘이 있으니 아무도 건드리지 못한다

팔뚝이 그렇고
눈빛이 그렇고
이마가 그렇고
코가 그렇고
모두 그의 재력才力이다

그가 평생 안고 살았던 여인들
그는 여자에게서 아기보다 그림을 많이 낳았다
그의 손으로 남긴 작품 5만 점
그림으로 번 돈으로 성城을 사
성주城主가 되었다

성주도 죽는다
그는 아흔두 살에 죽었지만
그의 그림은 지금도 죽지 않고
열심히 돈을 번다

셀레스티나

피카소는 코트를 입은 자화상에 이어
코트를 입은 〈셀레스티나〉*를 그린다
그녀는 눈이 하나다
돈만 보이는 눈
젊어선 미모의 창녀였지만
늙어서는 잔혹한 포주
아니,
소설 '칼리스토와 멜리베아의 희비극'**에 나오는 얼굴
그녀가 눈 하나로 찾는 것은 뭘까

* '리스토와 멜리베아의 희비극' 주인공 셀레스티나
** 르네상스 초기 익명으로 발표된 스페인 산문 최고 걸작

피카소와 시인들
- 막스 자코브

막스 자코브는 피카소를 보자마자 반했다
여자도 아니면서

그는 다섯 살 위
몽마르트르 언덕의 가난한 아파트를
'세탁선'이라 부른 시인
피카소가 파리를 방황할 때
좁은 방을 빌려준 은인
피카소는 그에게
〈이마가 넓고 코가 긴 초상화〉1907를 그려 줬고
시집을 낼 때마다 그의 시집에 삽화를 넣어줬다
피카소는 화가들보다 시인을 더 좋아했다
자코브는 서슴지 않고 자기 침대를
피카소에게 내줬다
피카소는 첫째 여인 페르낭드 올리비에와
그 침대에서 잤다
그 침대에 눕혀 놓고 그림을 그려도
자코브는 아무 말 하지 않았다
풍자와 해학이 뛰어난 시인이면서
피카소를 풍자하지 않았다
시인과 화가의 우정이란 시와 그림 같은 것인가

기타 치는 눈먼 노인

눈먼 것도 억울한데
가난까지
슬픔과 고독이 그의 눈을 더 어둡게 한다
운명은 그의 눈에 못을 박았다
피카소의 고민은 가난과 성병이다
어제도 성나사렛병원에 다녀왔다
저렇게 눈머는 것을 무서워하며
그렸을지도 모른다
그러나 "사람을 그릴 때는 얼굴도 잘 그려야 하지만
손을 잘 그려야 한다"던 아버지 말씀
그래서 맹인 손가락 마디마디를 힘주어 그렸다

손가락에서 슬픈 소리가 난다
뒤틀린 다리
무거운 이마
깊이 들어간 눈
뾰족한 코
입술과 입술 사이에서 방황하는 검은 비애
찢어진 바지에서 쫓겨난 무릎
셔츠 구멍으로 빠져나온 어깨뼈
모두 기타 줄에 매달려 울먹이고 있다

피카소의 가난

가난은 숨기는 것이 좋을까
공개하는 것이 좋을까
나는 나의 가난을 숨길 수 있는 한 숨겨왔다
이런 이야기를 해서
그의 청색시대를 더욱 암울하게 하려는 것은 아닌데
그러나 성공 뒤에는 가난과 외로움이 있다는 것이
예술에 해가 될 일은 없다
가난한 무명시절의 청년 화가

어느 날 외상으로 주문한 음식이 왔다
동거하던 연인이 문도 안 열고
"애, 거기 놓고 가라 나 지금 옷 벗고 있다"는 이야기는 슬프다
그보다 더 슬픈 이야기는
피카소의 개 프리카가 어디선가 소시지를 물어와
그것으로 한 끼 때웠다는 이야기
그보다 더 슬픈 소식은
"이번 전시회에서 자네 작품이 한 점도 팔리지 않았네"
하던 소리

불쌍한 페르낭드 올리비에 1

어머니와 사별한 아버지는
페르낭드*를 거리에 버렸으나
그녀의 얼굴은 버려질 얼굴이 아니었다
이모 집에서 궂은일을 하다가
일찍 결혼해서 아기를 낳았는데
아기는 죽고 무식한 남편의 주먹은 빈번했다
열아홉에 낯선 도시로 뛰쳐나와
몽마르트르 언덕을 헤매다가
미끈한 조각가를 만났지만
알고 보니 겉은 멀쩡한데
속은 다 썩은 정신병 환자
그래서 다시 도망쳐 나오다가
폭우가 쏟아지는 날 세탁선 복도에서
피카소의 덫에 걸렸지
피카소는 여자를 아는 남자
가난을 슬기롭게 넘기며 살던
페르낭드 올리비에와
먹을 것이 없어 개가 물어온 소시지를
나눠 먹으면서도 행복했던
몽마르트르 언덕

하지만 뜯어먹어도 뜯어먹어도 가난은 줄지 않고
조각가 로렝 데빈은 그녀를 찾아
'세탁선' 판잣집 문마다 두들기며
"페르낭드! 페르낭드!" 하고 불렀다
피카소가 그녀를 숨기느라
밖에서 문을 걸고 나간 사이
불이야!
불이야!
이런 난리가 어디 있나
다행히 불은 초반에 꺼지고
페르낭드의 누드엔 불이 붙지 않아
피카소의 돈방석이 되었다는 이야기

그로부터 7년이 지난 1911년 서른 살
피카소가 몽마르트르를 떠나 화려한 아파트에 입주하자
페르낭드는 하녀를 두고
그랜드피아노에 고급 가구를 사들이는 등
갑자기 목소리가 굵어졌고
피카소는 그런 꼴이 보기 싫어
다시 옛 세탁선으로 돌아와

은근히 그녀를 압박했지만…
아니다 그게 아니다 컴컴한 세탁선에
피카소가 숨겨둔 여인이 있다는 거
아니다 그보다 훨씬 이전에
페르낭드가 아홉 살 연하인 풋풋한 화가와
정사가 잦았다는 거
아니다 피카소는 그림과 고집 밖에는
그녀에게 보여준 게 없단다
가난한 화가와 가난한 모델은
돈이 생기면서 멀어지고
서로 다른 눈높이 때문에 금이 갔다는데
어쨌든 사랑은 짧고 그림은 길다
피카소와 페르낭드는 8년 만에
묶였던 끈이 풀렸고
페르낭드는 여든다섯 살에 떠났지만
그녀의 인생은 누드만 못하다

* 페르낭드(1881~1966) : 피카소의 첫 연인
〈머리를 땋고 있는 누드(페르낭드)〉 1906년 / 『피카소의 여인들』 최승규 지음. 한명
2004. 17쪽, 34쪽

불쌍한 페르낭드 올리비에 2

페르낭드 올리비에
몽마르트르 언덕에서 화가들의 모델로 떠돌던 여인
조각가 로렝 데빈의 품에서 살겠다 해놓고
피카소의 품으로 옮겨갔다
피카소는 벅찬 보물이기에
방에 가두고 자물쇠를 걸고
로렝 데빈을 피해 다녔다
그래도 살아남은 기적이 반가워
페르낭드는 피카소의 입에
피카소는 페르낭드의 입에
마약을 넣어주며 샴페인을 터뜨렸다
아주 짧은 순간인데 무한한 행복
그의 청색이 장밋빛으로 변하는 순간
그 시기 ROSE PERIOD*
로렝 데빈은 피카소를 그려놓고
무거운 쇠고랑을 채웠다
그리고 그의 얼굴에 침을 뱉었다

* 장미시대Rose Period : 1904~1906년

불쌍한 페르낭드 올리비에 3

누드의 숲속으로 피카소를 끌고 가던 여인
피카소는 캔버스 앞에서 그녀의 옷을 벗기느라 바빴고
피카소도 벗은 채 그림을 그렸다는 소문

〈명상〉*에서 첫잠을 깨어
〈머리를 땋고 있는 누드〉*에서
〈두 손을 잡고 있는 누드〉*로
다시 〈서 있는 누드 여자〉*까지
피카소의 고독과 불안과 초조와
어둠 속으로 옮겨다니며
불을 켜 든 페르낭드 올리비에
그녀의 본명은 페르낭드 벨르발레
결혼 증명서에는 아멜리 랑
비 오던 날 세탁선으로 굴러온 여자
그녀가 어둠침침한 〈코트를 입은 피카소의 자화상〉**을
장밋빛으로
풍만한 살결이
풍성한 머리털과 도톰한 입술이
몽실몽실한 유방이
피카소의 화필을 성욕에 찬 손으로 바꿔 놨다

아니 피카소 이전에 그녀를 훔쳐간
폴 페르세롱 역시 그 매력에
그녀를 물어뜯고 싶었던 것이다

* 피카소가 1904~1906년에 그린 페르낭드의 누드
** 1901~2년에 그린 피카소의 자화상(피카소 미술관 소장) / 『피카소의 여인들』 최
승규 지음. 한명 2004. 29, 30, 31, 34쪽

불쌍한 페르낭드 올리비에 4
- 사랑과 마약

아편은 사랑의 불쏘시개
꽃은 사랑의 정액
마약으로 사랑의 굴을 파고 들어가던 피카소가
아편 덕에 사랑을 알았다는 페르낭드의 입술에서
죽음의 절규를 뽑아낸다
이웃에 사는 화가 비겔스가
아편을 먹고 창문에 목맨 것을 보고는
그 즉시 그들은 마약을 끊었다
권총으로 자살한 카사헤마스의 얼굴에
창백한 비겔스의 목이 매달렸기 때문이다

『창조자 피카소1』 피에르 덱스 지음. 김남주 옮김. 한길아트 2005

아비뇽의 아가씨들 1

1
〈아비뇽의 아가씨들〉은 생각하는 그림
로댕의 〈생각하는 사람〉을 보는 사람이 생각하듯
피카소의 〈아비뇽의 아가씨들〉도
보는 사람이 생각해야 하는 그림이다

사진기가 생긴 후
화가가 손으로 초상화를 그리는 것은
무의미한 일
그러니 화가의 그림이 달라질 수밖에

마티스의 리얼리티는 피카소의 리얼리티가 아니다

아프리카 수단 여인의 풍성한 성감이
피카소의 눈에 실려
창녀들의 알몸이 되는 것이다
눈으로 말하지 않고 생각으로 말하는 그림

2

누군가 피카소의 작업실 문을 노크한다

문짝에는 드랭이 다녀간다는 쪽지

피카소는 그림 그릴 때도 문을 안에서 걸어 잠근다

착상과 작업의 열기가 밖으로 샐까 봐

피카소 〈아비뇽의 아가씨들〉 1907년

아비뇽의 아가씨들 2

말썽 많은 그림
〈아비뇽의 아가씨들〉
하나도 예쁠 것 없는 다섯 아가씨가 옷을 벗는다
눈만 크게 떴지 입은 철문처럼 닫힌 아가씨들
먹지도 못하는 과일을 앞에 놓고
토끼처럼 놀란 아가씨들
드랭은 피카소가 이 그림 뒤에서
목을 맬까 걱정이라 했고
살몽은 저주받아 마땅한 누드를 그렸다고 했고
아폴리네르는 팔짱을 낀 채 말이 없었고
앨리스 토클러스는 엄청나게 무섭다고 했고
레오는 끔찍한 혼란이라 했으며
칸바일러는 '낙원에 대한 필사적 공격'*이라 했으며
마티스는 피카소가 무법자처럼 행동한다고 했다
하여튼 말 많은 그림이다

*『창조자 피카소』 피에르 덱스 지음. 김남주 옮김. 한길아트 2005
『세기의 우정과 경쟁·마티스와 피카소』 잭 플램 지음. 이영주 옮김. 애경 2005. 63~65쪽

아비뇽의 아가씨들 3

⟨아비뇽의 아가씨들⟩은 피카소의 총이다
그림 속 여인의 눈알에 총알을 박았다
마티스를 향해 일제 사격
고갱의 그림을 닮은 마티스의 ⟨삶의 기쁨⟩
그리고 세잔의 ⟨목욕하는 세 여자⟩에서
마티스가 ⟨목욕하는 다섯 여자⟩를

그에 비해 피카소의 다섯 여자
⟨아비뇽의 아가씨들⟩은 모두 알몸이다
나무 그늘에 앉아 있는 것도 아니고
마티스를 쏘기 위한 총알
그만큼 피카소의 눈엔 마티스가 가시였다
피카소는 ⟨아비뇽의 아가씨들⟩을 돌돌 말아
숨겨두었다가 10년 후에 내놨지만
냉담하긴 마찬가지
⟨아비뇽의 아가씨들⟩ 때문에 신세 망칠까 봐
걱정하기도 했다

피카소와 자코브

예전엔 그러지 않았는데
배고프니까 하는 수 없다
자코브는 피카소의 그림을 몰래 빼다가 팔아서
마약을 사먹는다
마약은 피카소도 좋아했다
'아편만큼 지적인 냄새는 없다'고 할 정도였으니까
그 바람에 페르낭드도
아폴리네르도
술에 취한 로랑생도 엉망이었으니까
환각이 좋은 것은
이루지 못하는 극치를 단숨에 이룰 수 있다는 데서

피카소와 브라크

피카소*와 브라크**가
서로 닮은 그림을 그리던 시절이 있었다
아니 복사기 같았다
피카소의 그림인지 브라크의 그림인지
판단이 모호하던 시절
그들은 좁은 아틀리에를 함께 쓰며 상상력을 복제했다
브라크가 피카소의 〈아비뇽의 아가씨들〉을 봤을 때
겉으로는 무표정이었지만
속으로는 작지 않은 충격에 빠졌다
피카소가 충동적이라면
브라크는 사색적이고
피카소가 인물 중심이라면
브라크는 풍경 중심이고
브라크는 세잔이 그렸던 레스타크에서 풍경화를 그렸고
피카소는 세잔을 아버지 같은 존재라며
〈크로비스 사고의 초상화〉를 그렸다
사람들은 말한다
'세잔이 없었으면 피카소가 있을 수 있겠는가' 하고
그래도 피카소는 있다
피카소니까

그러면서도 피카소는 브라크의 방식을 따서
기타도 그리고 바이올린도 그리고
종이에 모래를 발라가며 편지를 썼다
'자네 방식대로 그려보는 거야'

* 피카소(1881~1973)
** 브라크(1882~1963)

피카소와 루소

루소*가 예순세 살 때 피카소는 겨우 스물여섯 살
루소는 가난한 세관원이었다
멋있는 모자와 턱수염
왼손에 지팡이 오른손에 바이올린을 들고 다녔다
그리고 흥이 나면 아무 데서나 자작곡을 연주했다
피카소가 어려운 호주머니를 털어
루소의 대형 작품 〈여인의 초상〉을 5프랑에 사놓고
루소를 불렀다

"선생과 나는 이 시대의 가장 위대한 화가요
선생은 이집트식이고 나는 현대식이죠
나는 선생을 축하하고 선생은 나를 축하하고
우리는 이 시대의 위대한 화가지요"

루소는 그 자리에서 바이올린을 켰고
피카소는 루소의 그림에 화환을 올려놨다
페르낭드는 음식을 만들고
아폴리네르는 식을 진행했고
마리 로랑생은 술에 취해 곤드레만드레했다

* 앙리 루소(1844~1910) : 프랑스 화가
『창조자 피카소1』 피에르 덱스 지음. 김남주 옮김. 한길아트 2005

나는 에바를 사랑해 1

〈나는 에바를 사랑해〉*
피카소는 사랑을 입으로 말하지 않고 붓으로 말한다
피카소는 페르낭드가 있을 땐 페르낭드만 그리고
에바가 있을 땐 에바만 그렸다
아니다
다른 여자도 그들 모르게 그렸다
캔버스에 숨겨 둔 여인
그런 여인이 수두룩했다

그래도 입에선
'나는 에바를 사랑해'
그 여인은 캔버스 속에서 분해되거나
깊이 숨어서 나오지 않는 숲속의 여인
아니면 동굴 속의 여인으로 살다가
캔버스 속에서 옷을 벗고 죽었다
그의 기침 소리가 캔버스에서 끊이지 않는다

* 피카소의 두 번째 동거여인 에바를 그린 그림. 1912년 / 『피카소의 여인들』 최승규
지음. 한명 2004. 55쪽

나는 에바를 사랑해 2

피카소의 누드 숲으로 들어가 에바를 만진다
〈나는 에바를 사랑해〉
맹세가 강하면 거짓도 강한 법
숲속의 여인들도 그걸 아는지
이 여인이 저 여인으로
저 여인이 이 여인으로
그러다가
부딪치고
겹치고
바뀌고
사랑이란 하늘 높이 떠가는 구름인데
눈은 계속 더듬어 탐색하느라
신경을 숫돌에 갈고 그러면서도
〈나는 에바를 사랑해〉
거짓말 같은 소리에도
입을 열지 않는 그림의 침묵
〈나는 에바를 사랑해〉

에바는 불쌍했다
에바는 여렸다

에바는 아팠다
에바는 폐병으로 가고
1915년 그해 크리스마스는 어느 해보다도 쓸쓸했다
그래도 변하지 않고 남아있는 그림
〈나는 에바를 사랑해〉

나는 에바를 사랑해 3

그런데 페르낭드는 스물여덟 살 때
스물한 살의 아주 멋있는 화가 볼르냐라는
연하의 남자와 정사했다
그건 피카소가 지루해서 그랬단다
이때 피카소도
조각가 마르쿠시스의 애인 에바 구울을 만났다
피카소는 에바를 데리고
스페인 국경 세레의 산장에 피신했다
피카소에게 에바를 빼앗긴 마르쿠시스는
단단히 화났다
그는 무거운 쇠고랑을 피카소에게 채워 주고
무거운 짐을 지고 가는 만화를 그려 놓고 웃었지만
속은 쓰리고 아팠다

피카소는 남의 여자를 그런 식으로 잘 빼앗는다
페르낭드 올리비에는 굴러온 여자라 하지만
실은 빼앗은 여자나 다름 없다
피카소는 에바에게 청혼했고
그녀의 동의와 가족의 허락을 받고 결혼할 생각이었다
에바는 가냘프고 고운 여자였다

〈나는 에바를 사랑해〉에서는
어떻게 찾아야 아름다운 에바가 모습을 드러낼지
사방이 눈
사방이 유방
사방이 기둥
사방이 코
어디를 만져야 에바의 목소리가 나오는 것인지
너무 어렵다
피카소의 미의 혼돈
어디를 어떻게 읽어야 애정의 소리가 나오는 것인지
모르겠다
〈나는 에바를 사랑해〉
열렬히 사랑했는데
폐병으로 1916년 12월 세상을 떠났다
세 개 또는 네 개로 늘어나는 얼굴
반달의 유방과 둥근 엉덩이
그리고 곳곳에 박힌 기둥뿌리
도대체 어디에 에바를 숨겨둔 것인지
세모꼴과 네모꼴의 연결
도대체 에바는 어디에 있는가

기침 소리가 가슴을 울리는데
나는 에바를 사랑하는데 에바는 없다

여자를 숨겨 놓기 좋아하는 피카소
한동안 페르낭드를 방안에 가둔 채
밖에서 잠그고 시장에 간 적도 있다
하지만 에바가 입원하던 날
옆집 아가씨 가비 레스피나스와
비밀 정사를 가졌다는데
에바는 가고
벽 속에 숨겨 놓은 여자는 버섯처럼 솟아났다
에바는 벽에 갇힌 채
따가운 기침 소리만 피카소의 귀에 담아 놓고 갔다

피카소 〈나는 에바를 사랑해〉 1912년

피카소 생리

〈아비뇽의 아가씨들〉만 알아도
피카소 절반을 아는 것이 된다
고갱, 세잔, 마티스, 그리고 피카소로 이어지는
변신의 행렬
그림은 절대 자기만의 독창이 아니니까
변질의 연속일 뿐이니까
배경에서 나무를 뽑아내거나
줄기를 원통으로 세우거나
삼각 구도로 삼각팬티를 벗기거나
화가 마음대로다
허나 마음대로 안 보이는 것이
〈아비뇽의 아가씨들〉이요
피카소의 생리다

거트루드 스타인의 초상화

언어의 농담濃淡은 실없는 농담弄談이 아니라
상식을 벗어나려는 색채의 농담濃淡일 수 있다
이런 전제 아래 그려진 것은 아니지만
거트루드의 초상화엔 피카소의 농담이 배어 있다

거트루드 스타인*은
피카소의 캔버스 앞에서 여든 번이나 포즈를 취했지만
그와 동거하지는 않았다
그녀는 옷을 벗지 않았으니까
그녀의 얼굴은 가면보다 견고했으니까
오른쪽 눈이 현실을 더 경계했으니까
그녀는 피카소보다 일곱 살이 더 많은
어머니 같은 누나 같은 감시자였으니까
피카소는 여든 번째 캔버스에 올라온
거트루드의 얼굴을 박박 긁고 일어선다
"더는 나를 못 볼지도 모릅니다" 하고 나가버렸다
그러나 그는 눈 감고도 섬세하게
거트루드의 얼굴을 떠올렸다

1906년 겨울 내내 그를 위해 포즈를 취했는데

한 친구가 거트루드 스타인의 초상화**를 보고
"하나도 닮은 게 없네" 하자
"거트루드가 닮게 될 거야" 하고 피카소는 웃었다

거트루드는 평생 그 초상화를 거울처럼
자기 옆에 걸어 놓고 살았다
세월이 가면서 찾아온 사람들이
'어쩜 저렇게 닮았을까' 하고
거트루드와 초상화를 번갈아 보며 칭찬했다
거트루드도 싫지 않았다
피카소에게 한 푼도 주지 않고 얻은 초상화이기에
더 소중했을까
자기 초상화이기에 닮아 갈 수밖에 없었을까
아니면 평생 거울처럼 걸어 놓고 들여다본 탓일까
초상화는 보면 볼수록 자기를 닮아가는 것이니

* 거투르드 스타인(1874~1946) : 시, 산문, 비평, 극작 등에 걸쳐 탁월한 작품을 낳
은 미국의 대표적인 문필가
** 〈거투르드 스타인의 초상〉 1906년 / 『발견자 피카소』 김원일 지음. 동방미디어 2002.
146쪽

피카소의 화실

시를 낭송한다
기욤 아폴리네르*가 '토끼'를 낭송한다

'나는 또 다른 토끼**를 알고 있다
나는 그것을 온통 산 채로 붙잡고 싶다
그것의 군서지는 애정의 나라***
작은 골짜기 무성한 백리향' 하고
아폴리네르가 낭송하자
환호의 웃음과 박수가 터진다

누군가 소리친다
배고프다 자 가자 토끼 집으로
'라팽 아질' 하고 외친다

라팽 아질
최소의 가격으로 최대의 분량을 먹어야 했다
2프랑에 포도주까지 곁들인 식사

컴컴한 식당 라팽 아질의 벽에는
피카소의 그림 〈라팽 아질〉이 걸려 있다

술값으로 걸려 있는 것인지
아니면 식사값으로 걸린 것인지
그림은 말이 없지만
어쨌던 피카소의 그림은 술과 밥이 되어줬다

* 『알코올』 기욤 아폴리네르(1880~1918) 시집. 이규현 옮김. 솔 1995.
** 역자는 여성의 성기connin를 '토끼'라고 했다.
*** 프랑스 소설가이며 사교계 인사였던 드 스퀴데리의 「클렐리아」에 나오는 지도, 감
정의 증대를 지형도로 나타냈다.

올가 코클로바

피카소가 서른여섯 살 때 만난
세 번째 여인
발레리나 올가는 귀족형이었다
피카소를 상류사회 풍으로 끌어올리려 한 여인이자
피카소에게 첫아들을 낳아준 여인이기도 하다
그러니 냉큼 피카소의 붓에 알몸을 내줄 여자가 아니다
그래서인지 그 시기에 피카소는 동료들로부터
큐비즘을 배반한 녀석이란 비난까지 받았다
그녀를 모델로 한 그림은
〈안락의자의 올가〉*
얼마나 점잖은 옷차림인가

* 〈안락의자의 올가〉 : 1917년, 피카소
『피카소의 여인들』 최승규 지음. 한명 2004. 66쪽

피카소의 고민

이제 여자 때문에 진절머리가 났나
이혼도 안되고
그림도 안되고
그는 부아줄루로 도피해
문을 걸어 잠그고 시 쓰기 시작했다
몇 달 동안 아무도 모르게 시만 썼다
밖에서 사람 소리가 나면 얼른 덮어 버렸다
시 쓰는 것이 죄도 아닌데
왜 숨기고 싶었을까

그런데 앙드레 브르통이 그것을
세상에 공개했다
역시 그는 천재다
시가 그림 같고
그림이 시 같았으니까

도라 마르의 초상화

피카소의 그림을 이해하려면
피카소의 여인들을 먼저 알아야 한다
피카소의 그림을 알아가면서
나도 남자라는 것을 알게 되는 시 쓰기

그의 그림값이 천장을 모를 때
신문지 조각에서
피카소의 〈파이프를 든 소년〉이
2004년 5월 5일 경매 낙찰가
9300만 달러 한국 돈으로 889억 원!

테레즈를 버리고 새로 사귄 여인
도라 마르
엘뤼아르의 소개로 피카소를 만난
도라 마르는 스물아홉 살
검정 머리에 까만 눈동자
화가요 사진사 그녀는
상징주의 시인 앙리 브레통과도 친한 사이
야하고 정열적이고 화끈한 장미꽃 같은 여인
그녀의 초상화가 8500만 달러 한화로 812억

그러니 여인은
피카소의 눈에 달렸나
피카소의 붓에 달렸나

앉아 있는 여인들

어느 가을밤 나는
마리 테레즈의 초상화와
도라 마르의 초상화를 번갈아 보며
밤을 지새웠다
밤 9시
12시
다음날 새벽 3시 이렇게

의자에 앉아 있는 여인 마리 테레즈*
앉아 있는 도라 마르**
우는 여인 도라 마르***
모두 같은 해에 그린 얼굴들

사랑해
사랑해
사랑해 하던
도라 마르와의 사랑도 결국 식어 버리고
마흔 살 연하인 프랑수아즈 질로에게 뛰어가니
도라는 정신병원에 입원하고
담당 의사는 '도라가 정말 발랄하고

활기 넘치는 여인이었는데…'하며
혀를 찬다
그리고 그 아름다운 여인이 이 지경이 되었으니
이는 분명 피카소의 잘못이라고
피카소의 그림을 찢어버리는 시늉을 하며
이를 갈았다

* 〈의자에 앉아 있는 여인 마리 테레즈〉 : 1937년, 피카소
** 〈앉아 있는 도라 마르〉 : 1937년, 피카소
*** 〈우는 여인 도라 마르〉 : 1937년, 피카소

폴 엘뤼아르

폴 엘뤼아르*
그는 초현실주의 '젊은 늑대들' 중 하나로
모습을 드러낸다
피카소는 엘뤼아르의 글에 삽화를 그려 주고
엘뤼아르는 피카소에게 시를 바쳤다

'너,
너는 눈을 떴다
꾸밈없는 것들 속에서
언제나
자기 길을 가는 눈을 떴다

너,
너는 거둬들였다
그리고 씨를 뿌렸다
영원을 위해
너는 사라질 수 없다
모든 것은 네 정확한 눈앞에서
다시 태어나기 때문에'

* 폴 엘뤼아르(1895~1952) : 프랑스 시인
『피카소』안 발다사리 지음. 윤미연 번역. 창해, ABC북, 2001. 87쪽

도라 마르 1

피카소가 대표작 〈게르니카〉를 그리는데
많은 도움이 되어줬다
친구인 폴 엘뤼아르 소개로 만난
화가이자 사진작가
현대미술에 열중했으며
특히 스페인어를 유창하게 했다
아까운 여자였다
아니, 피카소는 버린다고 한 적이 없다

프랑수와즈 질로

전쟁 중인 1943년 피카소는 예순두 살
연애는 휴전이 없다
포탄이 쏟아져도 사랑은 지속되었으니까
그녀는 스물두 살
젊고 눈부시게 아름다운 미술학도
침대에 눕혀놓고
눈을 떼지 않는 초로의 피카소
그림 배우러 온 학생을
그대로 붙들어놓고 살자 했으니
일반 사람에게는 어이없는 말이지만
피카소는 그의 그림으로 가능하게 만든다
그리고 천재가 되는 인기
프랑수와즈는 독점력이 강한 완벽주의자
아들 클로즈와 딸 팔로마를 낳았다
피카소와 사는 동안 완벽한 기록을 남겼다

자클린느 로크 1

지중해풍의 여인

자클린느 로크

큰 눈망울이 예쁘다

피카소가 일흔두 살 때 만난 여인

피카소의 명성이 하늘 끝까지 치솟을 때

피카소의 말년을 오직 작품에만 몰두하게 만든 여인

피카소도 염치가 있지

이번엔 비밀 결혼식을 했는데 그걸 신문에 밝혀 놨으니…

누군가 그녀에게 물었다

"서른 살의 젊은 여인이 어떻게

일흔이 넘는 노인과 결혼을 할 수 있냐?"고 묻자

"나는 이 세상에서 가장 아름다운 청년과 결혼했어요

오히려 늙은 사람은 나지요"하고 웃었다

피카소의 여인들

모델 그 여인들
유치한 소리지만
한 남자가 한 여자를 발로 찼다
피카소는 별별 일을 다 겪는다
피카소니까
피카소의 눈으로 선택한 여인인데
그 숫자만큼이나 골머리 아팠다
변호사를 대고
대궐 같은 집을 사주고
그래도 자기가 저지른 여자 때문에 머리 아팠다
그때마다 여인들도 머리가 아팠다
그러나 그런 건 다 잊고
여인들에게서 나오는 그림을 보면
웃다가 울다가
아름답고 야하고
그림에서 머리를 돌렸다가 다시
또 한번 보고 싶은 것이
피카소의 그림이다

시의 변명

피카소를 쓰다 보면
이 여자에게
저 여자에게 썼던 글을
또 쓰게 되는데
그렇게 쓰고 또 써도
피카소가 남는다
심지어 피카소를 욕하지 말라는 말까지 나온다

남자란
아니 여자란
그런 점을 숨기며 사는 게 아니냐고
은근히 자신을 변명하듯 시가 발뺌한다
아흔이 넘어 백 살 가까이 간다고 해도
사람은 그 버릇을 버리지 못한다고

그릇과 사람의 소리

그릇은 깨질 때 소리가 나고
사랑은 깨질 때 추억이 아프다
아끼던 그릇도 깨질 수 있고
사랑도 금이 갈 수 있다
그 소리는 아프지만 사랑은 아름답다
피카소의 사랑도 그릇처럼 깨졌다
피카소와 페르낭드는
고솔*에서 금이 갔다
〈두 손을 모아쥔 누드〉** 페르낭드의 초상화 뒤에는
'내 진정한 친구'라는 피카소의 이름이 있었는데
지워졌다
사랑이 끝난 것이다
페르낭드는 다른 화가의 화폭에 안겨
나오려 하지 않는다
사랑은 가면 그만…

* 고솔 : 피카소가 1906년 봄부터 8월 중순까지 방문한 스페인의 피레네 산속마을.
피카소 박물관이 있다.
** 〈두 손을 모아쥔 누드〉 : 1907년, 피카소
『피카소의 연인들』 최승규 지음. 한명 2004 / 이런저런 문화 이야기

페르낭드 올리비에(1881~1966)　피카소 〈페르낭드 올리비에 누드〉 1906년

에바 구엘(1885~1915)

피카소 〈나는 에바를 사랑해〉 1912년

올가 코클로바(1891~1955)

피카소 〈올가 코클로바의 초상〉 1923년

마리 테레즈

1927년 겨울 어느 날
파리 번화가 백화점 라파예트 근처를 서성일 때
먹이를 낚아채려는 매처럼
날개를 펼치고 있을 때
마리 테레즈
열일곱 꽃다운 나이
마흔여섯의 피카소가 털 묻은 손으로 덥석 안는다

마드모아젤, 난 피카소야
그대 얼굴을 그리고 싶어
그대와 함께라면
멋있는 일을 해낼 수 있어

도대체 피카소는 얼마나 많은 여자가 필요한 것인가
"사랑해 사랑해 사랑해"하며
사랑을 속삭이며
그림을 빼내던 피카소
그러다 딸 마야가 생긴 바로 그 다음해
1936년
피카소는 테레즈를 버리고

또 새로운 여자 도라 마르를 사귀기 시작한다

"사랑해 사랑해 마리 테레즈"하며…

마리 테레즈(1909~1977)   피카소 〈꿈〉 1932년

누쉬 엘뤼아르

누쉬 엘뤼아르는 폴 엘뤼아르의 두 번째 부인이다
피카소는 누쉬 엘뤼아르의 검은 머리와
검은 눈동자에 반했다

폴 엘뤼아르는 자기 아내 누쉬에게
피카소가 외로우니 애인이 되어주라고 했다
피카소는 그의 말에 흔들리지 않은 척하며
흔들리고 말았다

피카소가 숨긴 여자를 모델로 그려 놓으면
그 배경에 무엇인가 있다고 소문이 난다
누쉬는 그런 여인 중 하나다
〈누쉬 엘뤼아르의 초상화〉*에서도
별별 소문이 다 났지만
피카소의 붓은 꺾이지 않았다

* 〈누쉬 엘뤼아르의 초상화〉 : 1937년, 피카소 / 『피카소의 여인들』 최승규 지음. 한명
2004. 86쪽

도라 마르 2

도대체 도라 마르는 어떤 여인이기에
피카소의 여인 중 가장 피카소 마음에 드는 여인이라
피카소가 말한 걸까

피카소의 작품세계를 꿰뚫어 보고
그 세계에 알몸으로 뛰어든 여인
그 유명한 〈게르니카〉를 완성시킨 여인
그 그림값으로 도라 마르를 따지겠는가
도라 마르!
나도 피카소라면…

도라 마르(1907~1997) 피카소 〈도라 마르의 초상〉 1937년
『피카소의 여인들』 최승규 지음. 한명 2004. 94-95쪽

우는 여자 도라 마르

1936년 쉰다섯 살 도라 마르
피카소가 파시즘 광기와 싸우던 시절에 만난 여인
피카소가 게르니카를 그리는 곳에서
도라와 테레즈는 주먹질하며 싸웠다
서로 피카소를 차지하겠다는 싸움인데
도라는 눈물이 많았다
곱게 우는 여인이 아니라 험상궂은 얼굴
〈의자에 앉아 있는 여인〉의 얼굴과는 대조적이다
시인 앙드레 말로는 여자들은 우는 기계라고 말했다
피카소는 도라 마르를 많이 괴롭혔다
그리고 얼굴 전체에 눈물벼락을 쏟아부었다

피카소 〈우는 여자〉 1937년

게르니카

게르니카는 독일 나치 폭격기가
7000명 거주자 중 1600명을 죽이고
게르니카 시 70%를 파괴한
전쟁의 잔인성에 대한 항의의 그림
도라 마르는 이 그림이 완성될 때까지
침식을 같이하며
피카소가 열정을 쏟도록 격려한 연인
이 작품에서 피카소는 얼마나 많은 빚을
그녀에게 지고 있는지 모른다
그녀는 일곱 번이나 바뀐
피카소의 게르니카 착상을 사진으로 남겼다

피카소 〈게르니카〉 1937년

프랑수와즈와의 이별

입술에 침도 바르지 않고
피카소가 말한다
"간밤에 마티스 형이
당신을 빼앗아가는 꿈을 꿨지
그런데 당신은 여전히 내 곁에 누워 있군"

프랑수와즈는 피카소를 위아래로 훑어보며
"남의 여자를 빼앗아 오는 것은 당신이 명수지,
남의 걱정 말아요"하며
떠날 채비를 한다

프랑수와즈 질로(1921~)

피카소 〈꽃의 연인〉 1946년

자클린느 로크 2

자클린느는 1953년
피카소가 일흔두 살 되던 해에 만났다
피카소가 최고의 명성을 누렸던 시기
오직 작품에만 전념하도록 도와준 여인
이때 피카소는 도자기 예술과
'고전작가의 재해석'에 심취했고
피카소 곁을 떠나는 사람들이 늘어나기 시작했다

동성연애하듯 지내던 폴 엘뤼아르는
1952년 쉰일곱 살에 갔고
그 후 2년이 지나 앙드레 드랭이 갔고
같은 해 모르스 레이나르도 갔다

"나는 매일 아침 친구들 이름을 하나씩 부르며 그 얼굴을 그
리는 버릇이 있는데 오늘은 레이나르의 이름이 떠오르지 않아
애먹었는데 그가 갔대"

11월엔 앙리 마티스가 갔다
야수주의 마티스 하면
입체주의 피카소

여성들이 좋아하는 마티스 하면
남성들이 좋아하는 피카소 하던…

앙드레 브르통도 일흔에 가는군
아니 친구 파라레스 사바르테스가 1968년에 가고
동갑인 레제가 일흔네 살에 가고
1970년엔 그리티앙 제르고가 가고
모두 가는군…

자클린느 로크(1927~1986)

피카소 〈PORTRAIT OF JACQUELINE ROQUE
WITH HER HANDS CROSSED〉 1954년

자클린느 로크 3

피카소를 끝까지 돌보고
피카소가 죽은 뒤에도
피카소의 영역을 침범하지 못하게 울타리를 쳐놓고
자기 목숨을 바쳐 피카소를 지켰던 여인
자클린느 로크
왜 그 여인의 얼굴을 어둡고 밉게 그렸을까
자클린느가 무덤에서도 울겠다

피카소의 성城

보브나르크 성을 사들여
성주가 된 피카소
이젠 무서운 것이 없다
그는 파리에 보관하고 있던
쿠르베
반 고흐
고갱
세잔
루소
마티스
이 밖에 많은 화가의 작품을 트럭에 싣고
보브나르크 성으로 들어가
성 밖으로 나오지 않는다
그러나 성안에서의 생활은
생각보다 쓸쓸했다
아무리 강단이 센 스페인의 투우사라 해도
말년의 고독은 견디기 어려웠다

피카소의 마지막 얼굴

1972년 1월 아흔두 살이던 어느 날
자기 얼굴을 그린다
눈도 크고 코도 크다
입은 일자로 꽉 닫았고
닫은 입이 아예 붙어버렸다
흰 머리칼 그 속에 귀는 보이지 않고
들리는 소리도 차단된 듯
할 말도 없고 들을 말도 없다는 듯
그저 묵음으로
'나는 예술을 삶의 유일한 목적으로서 사랑한다
그러니 사랑도 관능도 내 예술을 위해 있을 뿐
사랑했기 때문에 그린 것'이라고 외친다
소리는 밖으로 나오지 않지만
내가 지금까지 그린 그림 중
이와 비슷한 것은 하나도 없을 걸
하고 붓을 놓는다

피카소의 죽음

생전 죽을 것 같지 않던 피카소
그는 죽기 6개월 전부터 아무도 만나지 않았다
그리고 조용히 말했다
'모든 인간은 잠재력을 지니고 있다
평범한 사람은 한두 가지 사소한 일에 힘을 낭비하지만
나는 그저 외길로 그림 그리는데 쏟았다
이제 그 속에 사랑만이 있을 뿐
사랑했기에 쏟아져 나온 그림
사랑은 창조의 영감을 제공해 줌으로써
상호 보완의 공생 관계를 이루는 것'이라며
1973년 4월 8일 아흔두 살로 숨을 거뒀다

자클린느가 식어가는 그의 몸을 검은 망토로 덮어줬다

피카소가 죽은 뒤

자클린느는 지독해
마리 테레즈도 그 자식들도
초상집에 얼씬 못하게 했으니까
마리 테레즈는
피카소에게 키스해 달라는 전갈만 보냈고
피카소의 자녀들인
클로드
팔로마
마야도 자클린느에게 제지당해
묘지에 들어가지 못하고
꽃만 놓고 돌아갔다

올가에게서 낳은 아들 파올로와 손자인 파블리토도
할아버지 장례식에 참석하기 원했지만
자클린느의 강한 제지로 참석하지 못했다
파울로는 아버지 장례식인데도
참석하는 것을 거절당하자
그날 독약을 마셨고
손자 파블리토 역시
알코올과 약물 때문에 간질환으로 2년 후에 죽었다

마리 테레즈는
피카소가 떠난 지 3년 되는 해
그녀가 피카소를 만난 지 50년 되던 날
피카소 혼자 무덤에 남아있는 것이 견딜 수 없다는
유서를 남기고
차고에 들어가 목매달아 죽었다

자클린느의 죽음

피카소의 마지막 여인
자클린느

피카소가 죽고 몇 년 뒤
창문 셔터를 내려놓고
피카소가 돌아오기를 기다리며
피카소가 식사하던 자리에 음식을 차려놓은 채
기다려도 기다려도 돌아오지 않는 피카소를
기다리다 지쳐
혼자 홑이불을 쓰고
권총자살했다

모두 갔다
모두 갔지만
피카소가 그린 그림은
그런 사실들을 아는지 모르는지
살아있는 듯이
살아있다

終

그래도 피카소처럼

긴 겨울이 지나가고 봄이 오는군
점점 가까워지는 하늘과 땅과 나무와 풀과 꽃과 사랑
강화도 바닷가 조용한 언덕 집에서
피카소에 취해 피카소를 쓰다 보면
내가 피카소 같아서
밖으로 나와 바닷가를 걷는다
이제 나도 붓을 놔야겠지

〈終〉으로 마지막 鐘을 울리듯 땡! 친다

피카소가 가고 나도 가고 있는 이 시각
나는 피카소 이야기를 하고 있는 것이 아니라
내 이야기를 하고 있는 것이 아닌지 하고 웃는다
웃을 일이 아니다
피카소만큼 열심히 산 사람도 없다

2021년 아흔셋 되는 해 봄
이생진

그림 목록

나도 피카소처럼

1판 1쇄 인쇄 2021년 11월 11일
1판 1쇄 발행 2021년 11월 15일

지은이 이생진
발행인 김소양
편 집 권효선
마케팅 이희만

발행처 ㈜우리글
출판등록번호 제321-2010-000113호
출판등록일자 1998년 06월 03일

주소 경기도 광주시 도척면 도척로 1071
마케팅팀 02-566-3410 **편집팀** 031-797-3206 **팩스** 02-6499-1263
홈페이지 www.wrigle.com

값은 표지에 있습니다.
ISBN 978-89-6426-099-9   03810

잘못 만들어진 책은 구입하신 서점에서 교환해 드립니다.